ODE

POVR
MONSEIGNEVR
LE DVC
D'ANGVIEN.

A PARIS,

Chez la Veuue IEAN CAMVSAT,

ET

PIERRE LE PETIT, ruë Saint Iacques,
à la Toyson d'Or.

M. DC. XLVI.

AVEC PRIVILEGE DV ROY.

ODE

POVR

MONSEIGNEVR

LE DVC

D'ANGVIEN.

 VSE, abandonne la Trompette,
Qui fait retentir les Exploits
De la BERGERE, dont l'Anglois
A jadis eſprouué la fatalè Houlette.
D'autres plus grands Exploits, d'vn de nos Demy-dieux,
Demandent à ta Lyre vn Air melodieux,
Digne de leur gloire diuine ;
De grace, en ma faueur, trouue bon qu'aujourd'huy
Au Heros cede l'Heroïne,
Et que ta forte Voix ne parle que de luy.

A ij

Suspens le recit des merueilles,
Que virent les siecles passez ;
Et par des accens mieux poussez,
De celles du present vien charmer les oreilles.
Donne à la passion, qu'a produite en mon cœur
Du valeureux ANGVIEN le bras tousiours vainqueur,
Vn Chant qui soit tout heroïque ;
Pren garde toutesfois de ne le point flater,
Et regle si bien ton Cantique
Que sans trop se contraindre il le puisse escouter.

***

La Verité pour estre nuë
N'a pas moins d'éclat en ses faits,
Et sans emprunter des attraits
Par ses seules beautés est assés soustenuë.
Fuy de la Verité mesme le plus brillant,
Si tu ne veux choquer ce modeste Vaillant,
Qui sa valeur à peine auoüe ;
Il n'est bien satisfait qu'au moment qu'il agit ;
Et quand la Verité le loüe,
De la Verité mesme il a honte & rougit.

Mais ma priere est exaucée;
I'oy dans l'air tranquille & serain
Le bruit de ta Lyre d'airain ,
Qui pour ce chant sublime est d'vn ton rehauffée;
Sous ton archet coulant i'oy ses cordes sonner,
I'oy ta puissante Voix le Cantique entonner,
Et me sens tout hors de moy-mesme.
Reyne du double Mont, fay que mon souuenir,
Sans raualer ce Chant supreme,
Me le face transmettre aux siecles auenir.

❧

Ie l'entens cette Voix diuine,
Qui par de celestes accens
Me transportant l'ame & les sens,
Celebre du Heros l'adorable origine.
Elle dit, qu'il tient place entre ces Dieux mortels,
Dont l'Empire des Lys encense les autels,
Et dont il tire ses Monarques;
Et que l'auguste Sang reueré des François,
Voit en luy ses meilleures marques;
Et n'y reconnoist rien que digne de ses Rois.

A iij

La ſplendeur dont il l'enuironne
Eſt pourtant ſon moindre ornement;
Auſſi vantes tu ſeulement
Celle qui rejalit de ſa propre Perſonne.
Sur le cours de ſes ans tu te veux eſprouuer;
Tu cherches ſon Enfance, & ne la peux trouuer;
A peine né tu le vois homme;
Et vois preſque au berceau ſa Vertu ſurmonter
Tout l'éclat que Sparte & que Rome
A leurs plus vieux Guerriers ont iamais veu jetter.

Ieune au deſſous de quatre luſtres,
Tu le fais voir aux murs d'ARRAS,
Qui dreſſe ſon robuſte bras
Aux futures grandeurs de tant d'actes illuſtres.
Tu le fais voir qui force, & chaſſe deuant ſoy,
Les tremblans eſcadrons de LAMBOY, de BVQVOY,
De ſon fer premieres victimes;
Et qui du Prince armé pour conſeruer ces tours,
Malgré cent efforts magnanimes,
Auec beaucoup de ſang repouſſe le ſecours.

Tu fais bruire en suitte la gloire
Qu'à sa gloire il sçeut adjouster,
Lors qu'AIRE se laissa donter,
Et qu'à luy plus qu'à tous on en deut la victoire.
Auec tes nobles chants tu suis ses nobles pas,
En tous lieux où son fer animé par son bras
De morts rend les terres jonchées;
Tu le suis dans l'horreur des assauts descouuerts;
Tu le suis aux sombres tranchées,
Et le suis dans les murs par sa puissance ouuerts.

⁂

O! que ta Voix, & que ta Lyre
Releuent leur charmant éclat,
Sur l'esmerueillable Combat,
Qui dans son sort douteux rasseura nostre Empire;
Sur ce Combat mortel, où nos fiers Ennemis
Virent par ce Heros nos Estats affermis,
Et leur esperance trompée;
Sur ce fameux Combat, où l'orgueil Espagnol
Vit par sa flamboyante espée
Pour jamais coupper l'aisle à son injuste vol.

Tel, dis tu, parut Alexandre,
S'il ne parut moins braue encor,
Quand, de Pelle prenant l'essor,
Il vint, pour coup d'essay, mettre Thebes en cendre.
Il regit comme luy dans l'Avril de ses iours,
D'vn Prince, dont la Parque auoit tranché le cours,
Les vieux Chefs, & les vieilles bandes ;
Et plus genereux Chef d'vn si genereux Corps,
Aux entreprises les plus grandes
Luy fraya le chemin à trauers mille morts.

❊❀❊

De quelle vehemente flamme
ANGVIEN se vit-il embrasé
Lors que front à front opposé
Du nouueau Gerion il accourcit la trame ?
Bouleuard du François, ROCROY, tragique autel,
Où l'Ibere immolé, sous le coûteau mortel
Fit vne cheute si terrible ;
Que de superbe sang abbreuua tes guerets !
Et que ce sacrifice horrible
Mesla de rouge pourpre au vert de tes forests !

Mais

Mais si LOVIS à la campagne
Fit voir vne ardente valeur,
Auec combien plus de chaleur
Dans THIONVILLE mesme assaillit il l'ESPAGNE?
Ce Mur, d'vn camp nombreux enceint de toutes parts,
Sous cent boulets flambans vit fumer ses rempars,
Les vit ouurir, & mettre en poudre;
Et perdant à la fois & l'espoir & le cœur,
Pour euiter le dernier foudre
De luy-mesme en son sein appella son vainqueur.

S

L'effort qui causa cette prise,
Bien qu'il mit l'ESPAGNE aux abois,
Ne fut qu'vn degré toutesfois
Pour aller des GERMAINS restablir la franchise.
Du Danube & du Rhin, captifs & maistrisez,
Il veut que par son fer les liens soient brisez,
Emulateur du grand GVSTAVE;
Son feu par la froidure à peine est arresté;
Il part, & l'vn & l'autre Esclaue
D'vn bras si vigoureux attend sa liberté.

B

FRIBOVRG, scene affreuse & superbe
De tant de meurtres glorieux,
Tu le vis ce Victorieux
D'Ennemis abbatus couurir le sein de l'herbe.
A son fer esclairant, à sa tonnante voix,
Tu vis tourner le dos au vaillant BAVAROIS,
Tu vis sa honteuse retraitte;
Et de son sang fumeux ton triste champ laué
Eust veu son entiere desfaitte,
Si du foudre tombant sa peur ne l'eust sauué.

Là de l'EMPIRE tyrannique
LOVIS entama le pouuoir,
Et l'on s'imagina le voir
Comme vn autre Alexandre aux riues du Granique.
Le RHIN, dont PHILISBOVRG opprime le courant,
Ce bras liberateur à son ayde implorant,
Il tourne vers luy ses bannieres;
Il rassemble sous luy ses bataillons espars,
Et de cent machines guerrieres
Bat ses massiues tours, & ses fermes rempars.

Du bruit les Naïades troublées
Se cachent au fons de leurs eaux,
Et glissant parmy les roseaux
Courent vers l'Ocean d'espouuante comblées.
Le vieux Fleuue occupé d'vne moindre terreur,
Met le chef hors de l'onde, & rit de leur erreur,
Voyant sa franchise prochaine ;
Content il les rappelle, & calmant leurs sanglots,
Benit la force plusqu'humaine,
Qui d'vn si pesant joug va descharger ses flots.

⟨3⟩

Qui peut dire la vigilance,
L'ardeur, l'addresse, les trauaux,
Dont en la fureur des assauts
Ce sage Ambitieux sçait ayder sa vaillance ?
Il est en mesme temps General & Soldat,
Il ordonne, il agit ; il commande, il combat ;
Et semble seul toute l'armée ;
L'orgueilleux PHILISBOVRG tombe sous son canon
Et cette Place renommée
Ne l'arreste pas plus qu'vne Place sans nom.

B ÿ

Des éclats d'vn si grand tonnerre
Ie voy cent autres Murs ouuerts ;
Ie voy sur ces riuages verds
Changer en vn moment la face de la guerre ;
Dans son lit deliuré le Rhin coule François ;
L'Empire est descouuert, & craint à cette fois
De souffrir vn nouuel Empire ;
VIENNE mesme au bruit semé de toutes parts
Du fort de MAYANCE & de SPIRE
Sent jusqu'aux fondemens esbranler ses rempars.

3

On creut par ces hauts faits bornée
La gloire du vaillant LOVIS ;
Mais par des faits plus inoüis
Son bras a bien plus loin poußé sa destinée.
L'effroyable MERCI, d'armes tout herißé,
Auoit le roide NECRE en bruyant repaßé,
Et mis le François en desroute ;
Il couroit, triomphant, les plaines & les bois,
Et ne reuoquoit point en doute
Qu'il ne remist le RHIN sous ses barbares loix.

Ainſi par la Grece eſperdüe,
Apres ſon deluge orageux,
Se fit voir ſur les prez fangeux
De l'écaille Pithon l'ample maſſe eſtendüe.
Ainſi dans les foreſts, ainſi parmy les champs,
Furent l'indigne objet de ſes ongles tranchans
Les premices du nouueau Monde;
Et les Murs renaiſſans, de ſemblables tributs
Remplirent ſa gorge profonde,
Tant que ne tira point l'arc du jeune Phebus.

Le Prince à ce bruit formidable
Se reſueille, & craint pour ſes Forts,
Et du Rhin franchiſſant les bords
Porte contre MERCI ſa foudre ineuitable;
Au ſein du BAVAROIS la peur eſteint l'eſpoir;
Il luy cede, il s'eſcarte, & ſans ſe laiſſer voir
De Monts & de Fleuues ſe couure;
ANGVIEN le ſuit par tout, & pour le deſcouurir
Il n'eſt paſſage qu'il ne s'ouure,
Mais c'eſt touſiours en vain qu'il ſe les ſçait ouurir.

B iij

La peur renforce la conduitte
De son Ennemy preuoyant,
Qui deuant son bras foudroyant
Fuit, & peut en fuyant faire vne honneste fuitte;
Que ne tente le Prince afin de l'obliger
A chercher son salut dans vn noble danger?
Que ne met-il point en vsage?
MERCI voit ROTEMBOVRG, il voit VIMFE
Et toutesfois rien ne l'engage   (emporté.
A quitter les hauts lieux qui font sa seüreté.

Enfin sçachant NORLINGVE preste
A tomber sous la mesme loy,
De frayeur il pert son effroy,
Et resout de lutter contre cette tempeste.
Il l'ose & desormais paroist moins estonné,
Ayant veu le François des Goths abandonné,
Sans secours comme sans retraitte;
Ce Champ, ce propre Champ, si fatal aux Germains,
Fait qu'il s'en promet la desfaitte,
Et luy-mesme au combat sollicite ses mains.

Manes de ce *SAXON* si braue,
Qui cherchant par mille hazards
Le Diademe des Cesars,
Fit perir en ce lieu les trauaux de *GVSTAVE*;
A l'aspect de ce Champ vostre illustre malheur
Du belliqueux *LOVIS* vint auecque douleur
Piquer l'heroïque vaillance;
Son ame en ressentit les pressans aiguillons,
Et pour en tirer la vengeance
Contre le fier *MERCI* poussa ses bataillons.

On ne peut, ny dire, ny croire
Combien de funestes efforts,
Combien de lamentables morts,
Du laurier remporté precederent la gloire.
On ne sçauroit pas mesme assez bien conceuoir
Par quels faits ce grand cœur signala son pouuoir,
Et le rendit espouuantable;
Ny ce que dans le trouble, où les siens furent mis,
Son asseurance inesbranlable
Fit pour le rejetter entre ses Ennemis.

Sur deux costaux inaccessibles
Leurs Corps en bataille rangez,
Et de fer luysans & chargez,
A l'Vniuers entier s'estimoient inuincibles.
Mais en vain, car le Prince affamé de combats,
S'eslance, monte, charge, & met les vns à bas,
Les autres emporte, & disperse;
Puis au gros s'attachant est blessé de deux coups,
Et le genereux sang qu'il verse
Ne fait que redoubler son genereux courroux.

Tel jadis le Dieu de la Thrace,
Frappé d'vne mortelle main,
Versa sur l'aride terrain
L'inuiolable sang de l'immortelle Race;
Telle on vit éclater son ardente fureur,
Et telle en tous les cœurs s'imprima la terreur
De sa colere redoublée;
Le Ciel s'en obscurcit, & dans les Elemens
La Nature esmeüe & troublée
Apprehenda de voir d'horribles changemens.

Comme

Comme vn tourbillon effroyable,
Le valeureux Prince bleßé,
Au milieu du gros enfoncé,
Defaltere de fang fon fer impitoyable.
L'Efpouuante & la Mort volent deuant fes pas;
Tout autour, à monceaux, trefbuchent fous fon bras
Les trouppes en vain opposées;
Et ce Camp renommé, non plus camp deformais,
Par de differentes brisées
En vain tafche à fauuer fes bataillons desfaits.

Il fuit, & dans la vafte plaine
Laiße mort, fur vn tas de morts,
La grande Ame de ce grand Corps,
MERCI non moins vaillant que fage Capitaine;
Il laiße prifonnier, entre les prifonniers,
Le courageux GLEEN, qui parmy les derniers
Eft le dernier à fe defendre;
Et VERT le redouté, feul efpoir de ce Camp,
Preßé par ce jeune Alexandre
Luy cede la victoire, en luy cedant le champ.

C

Sur l'appuy de ses aisles amples ;
La Gloire alors descend des Cieux,
Et d'vn cercle d'or radieux
Luy vient de sa main propre enuironner les temples.
De son manteau brillant elle vient l'entourer,
Et fait qu'en l'Vniuers on le voit esclairer,
Ainsi que l'Astre de la Guerre ;
L'Europe oit son triomphe, & pour le faire encor
Oüir au reste de la Terre,
La juste Renommée embouche son grand Cor.

✳❧✳

Toy, dont la Gloire est le partage ;
Et dont les faits passent les ans,
Alexandre des temps presens,
Qui du vieux Alexandre es la viuante image,
Voy cette image encor, & dans ce mesme endroit,
Entre ces Monts serrez, voy le nouueau Destroit
De la nouuelle Cilicie ;
Voy du Perse nouueau le pouuoir abbatu ;
Voy sa frontiere restrecie,
Enfin voy son audace aux pieds de ta vertu.

NORLINGVE en suite ouure ses portes
Au soldat de l'Aigle vainqueur,
Et le receuant en son cœur
Ne veut point que pour luy ses terraces soient fortes.
LOVIS, ce Mur fameux, de tes armes remply,
Rend d'Alexandre en toy le portrait accomply,
Iusques en sa moindre partie;
Ton sort jusqu'en ce point au sien est assorty,
Et dans NORLINGVE assujetie
Tu peux encore voir Damas assujety.

Apres tant d'Actions si belles,
Pour estre vn Alexandre en tout,
Il faut aller jusques au bout,
Et trouuer dans l'AVSTRICHE vne Plaine d'Arbelles.
Inuincible Heros, suy ton heureux destin;
Encore vne bataille, & tu verras la fin
De ta glorieuse Entreprise;
Tu verras par ton fer, de l'Empire Germain
La riche Couronne conquise,
Et la Paix redonnée aux vœux du Genre humain.

C ij

Quoy ! Muſe, à ce mot tu t'arreſtes,
Tu ceſſes, & pour cette fois
Le ſon de ta celeſte voix
N'exprime de *LOVIS* que les ſeules conqueſtes
Il falloit toutesfois, pour finir ce portrait,
A ſa taille, à ſa mine, employer quelque trait,
Mais grand trait, & plein d'efficace;
Parler de ſa vigueur, de ſon agilité,
De ſon addreſſe, de ſa grace,
De ſon air, de ſon port, & de ſa majeſté.

Il falloit d'vne meſme trame,
En cet heroïque tableau,
Meſler le bon auec le beau,
Et joindre aux dons du corps les qualitez de l'ame.
Il y falloit & peindre, & mettre en leur vray jour
Tout ce que pour la gloire il a conceu d'amour,
Son humanité ſans ſeconde,
Son ferme jugement, ſon penetrant eſprit,
Bref ce que pour le bien du Monde
Le magnanime Honneur aux grands Hommes preſcrit.

Les incomparables merueilles
Qu'enferment ces Perfections,
Moins que celles des Actions
N'eussent pas des mortels enchanté les oreilles.
Mais ta sublime Voix ne pouuant supporter
De se voir bassement par la mienne imiter,
S'est au silence condannée.
Quitte donques la Lyre, & retourne auec moy
A la Trompette abandonnée,
La PVCELLE est jalouse, & te rapelle à soy.

CHAPELAIN.

Extrait du Priuilege du Roy.

PAr Grace & Priuilege du Roy, signé CONRART, en datte du troiesme Mars mil six cens quarante-trois. Il est permis au sieur CHAPELAIN Conseiller du Roy en ses Conseils, de faire imprimer toutes ses œuures separément ou conjointement, en vn ou plusieurs volumes, en telles marges, & en tels characteres que bon luy semblera, durant l'espace de 20. ans, à compter du iour que chacune de sesdites pieces sera acheuée d'imprimer : Faisant inhibitions & deffences à tous autres de quelque qualité & condition qu'ils soient, de les imprimer ou faire imprimer, ny mesme d'en rien contrefaire sur peine de trois mille liures d'amende, aplicable vn tiers à Nous, & le reste audit Exposant, ou qui auront son droit, comme il est plus au long porté par lesdites Lettres.

Et ledit sieur Chapelain a cedé & transporté son droit pour l'impression de cette Ode pour Monseigneur le Duc d'Anguien, à la Veuue Iean Camusat, & Pierre le Petit Marchands Libraires, pour en ioüyr comme luy-mesme, suiuant le transport qu'il leur en a fait le 23. Decembre 1645.

Acheué d'imprimer pour la premiere fois, le dernier Decembre 1645.